Sonya Hartnett
Lucia Masciullo
¡Baja, Gata!

LATA
de
SAL

Para Jake, para Luca, para Ella.
S. H.

A mi querido equipo: Jane, Marina, Davina
y Vincenzo, aunque sea alérgico a los gatos.
L. M.

Sonya Hartnett
Ilustraciones de Lucia Masciullo

¡Baja, gata!

LATAdeSAL
Gatos

Era casi de noche, y la gata
todavía estaba en el tejado.
Nicolás empezaba a preocuparse.

—Baja, gata —dijo.

La gata miró hacia abajo y dijo:

—Miau.

El tejado estaba muy alto. Nicolás preguntó:

—¿Tienes miedo a bajar, gata?

—Miau —dijo la gata.

Nicolás cogió la escalera.
Era vieja, pesada y todas
las juntas estaban flojas.
Crujía y chirriaba
mientras él subía.

Con cuidado
extendió el brazo.
—Yo te bajaré, gata.

Pero la gata dijo: ¡MIAU! y se marchó corriendo por las tejas.

Nicolás se quedó abatido.
—¡Gata! —gritó—. ¿No quieres bajar? ¿Quieres quedarte en el tejado toda la noche?

—Miau —dijo la gata mientras se alejaba saltando, botando y brincando.

—Por la noche salen
fantasmas, monstruos,
bichejos y sabandijas.
¿No les tendrás
miedo, gata?

—Miau —dijo la gata.

Nicolás bajó por
la escalera y la gata
se sentó y se lamió
las patas.

En la cama, esa noche,
Nicolás pensó en su gata
sobre el tejado, sola entre
las criaturas extrañas
que habitan la noche.

Vería en el jardín bichejos
que reptan y sabandijas
que se arrastran.

Vería un fantasma
flotando sobre la verja.
Vería un monstruo
de cara arrugada.

Oiría aullidos
y susurros, y
sonidos de seres
que rascan
y arañan.

Se quedó dormido pensando en ella,
tan pequeña y, sin embargo, tan valiente.

No oyó que empezaban a caer gotas, primero una,
luego otra. No oyó a la gata decir:

¿miau?

No oyó que
caían miles
de gotas.

¡Lluvia!

Los fantasmas huyeron
a sus secos cobijos,
los monstruos a
sus cálidas cuevas.

La gata, aterrorizada, corría sin rumbo por las tejas;
estaba desesperada buscando un lugar en el que guarecerse.

Nicolás se despertó
con el adorable sonido
de la lluvia. Entonces
oyó otra cosa.

¡Su gata!

Ni se le pasó por la cabeza preocuparse por las criaturas siniestras de la noche. Se puso de pie y salió corriendo.
—Gata, gata, ¿dónde estás?

—¡Miau! —gimió la gata.

Los peldaños de la escalera
resbalaban y las patas se
agitaban debido al viento.
Parecía que el tejado llegaba
hasta las nubes. Nicolás
temblaba, pero subió y subió.

—¡Ya estoy aquí, gata!

Como un rayo, la gata saltó entre sus brazos.

En la cocina, le secó las orejas,
los bigotes y la cola empapada.

—Has bajado, gata —susurró.

—Miau —dijo la gata.

De nuevo en la seguridad de su cama, Nicolás recordó como su gata no había tenido miedo de las criaturas siniestras de la noche cuando estaba en el tejado. Pensó que debía ser una gata muy valiente.

Y la gata pensó que Nicolás debía ser un niño muy valiente.

Título original: *Come Down, Cat!*

Publicado por acuerdo con Puffin Books, una división de Penguin Group
Penguin Books Ltd., 80 Strand, London
WC2R 0RL, England
Publicado por Penguin Group (Australia), 2011

© del texto: Sonya Hartnett, 2011
© de las ilustraciones: Lucia Masciullo, 2011
© del diseño original de la cubierta: Marina Messiha, 2011
© de esta edición: Lata de Sal Editorial, 2013

www.latadesal.com
info@latadesal.com

© de la traducción: Susana Collazo Rodríguez
© del diseño de la colección y la maquetación: Aresográfico
© de la fotografía de Sonya Hartnett: Greg Beyer, 2012
© de la fotografía de Lucia Masciullo: Penguin Group
© de la fotografía de la gata Bruja: Mamen Fernández, 2013
© del texto de la gata Bruja: Mamen Fernández, 2013

Impresión: Gráficas 94
ISBN: 978-84-941136-2-8
Depósito legal: M-15823-2013
Impreso en España

Este libro está hecho con papel procedente de fuentes responsables.
En las páginas interiores se ha usado papel FSC de 170 g
y se ha encuadernado en cartoné al cromo plastificado mate,
en papel FSC de 135 g sobre cartón de 2,5 mm.
El texto se ha escrito en Eames Century Modern.
Sus dimensiones son 21 x 28 cm.
Y nosotros pensamos qué valientes son nuestros gatos Logan y Chasis.